Lektorat Brigitte Hanhart Sidjanski

© 2001 Nord-Süd Verlag AG, Gossau Zürich und Hamburg
Alle Rechte, auch die der Bearbeitung oder auszugsweisen Vervielfältigung, gleich durch welche Medien,
vorbehalten. Lithographie: Repro Team AG, Münchenbuchsee. DTP/Satz: Pro Desk AG, Uster. Gesetzt in der Futura light condensed, 17 Punkt
Druck: Proost N.V., Turnhout. Prägefoliendruck: Deuschle Druck-Veredelung GmbH, Süßen
ISBN 3 314 01168 7

Die Deutsche Bibliothek – CIP-Einheitsaufnahme:

Der Regenbogenfisch hat keine Angst mehr / Marcus Pfister. – Gossau, Zürich ; Hamburg :
Nord-Süd-Verl., 2001 ISBN 3-314-01168-7

Besuchen Sie uns im Internet unter der Adresse: www.nord-sued.com

Marcus Pfister

Der Regenbogenfisch
hat keine Angst mehr

Nord-Süd Verlag

»Hilfe! So helft uns doch!«
Es war der kleine, blaue Fisch, der seine Freunde zu Hilfe rief.
Im Nu hatte sich der ganze Schwarm um ihn versammelt.
»Was ist los?« — »Warum schreist du so?«
»Schaut her, der Buckelfisch! Er bewegt sich kaum mehr
und röchelt nur noch leise vor sich hin.«

»Lasst mich mal durch«, brummelte der Langnasen-Doktorfisch
und schaute sich den stöhnenden Buckelfisch an.
»Da helfen nur die roten Heilalgen aus der Teufelsschlucht«, sagte er.
»Keine Sorge, Buckelfisch, wir bringen dir diese Heilalgen«,
versprach der Regenbogenfisch.

»Bist du verrückt!«, riefen die anderen.

»Hast du denn noch nie etwas von der Teufelsschlucht gehört?«

»Da lebt der dreiköpfige Keulenfisch!«, sagte der Zackenfisch.

»Und ein grünes Meeresungeheuer mit tausend Armen!«

»Und der schwarze, fünfäugige Kugelfisch!«, meinte ein anderer.

»Das ist der gefährlichste Ort im Meer.«

»Ich gehe trotzdem«, sagte der Regenbogenfisch.
»Ist denn schon mal einer von euch in dieser Schlucht gewesen?«
»Nein, dort würde ich auch nie im Leben hinschwimmen«,
antwortete der Zackenfisch.
»Ich komme mit dir, Regenbogenfisch«, rief der kleine, blaue Fisch.
Erschrocken sahen die Freunde, wie die zwei in der Schlucht
verschwanden. »Viel Glück!«, riefen sie ihnen noch nach.

Vorsichtig glitten die zwei Freunde durch die Schlucht.
Die hohen, steilen Felswände wirkten finster und beängstigend.
»Schau dort oben«, flüsterte der Regenbogenfisch,
»ob das der dreiköpfige Keulenfisch ist, von dem der Zackenfisch
erzählt hat?«
Der kleine, blaue Fisch wollte gar nicht hinschauen.
Je weiter sie in die Schlucht kamen, desto dunkler wurde es.
Und überall lauerten die Ungeheuer, vor denen die Freunde sie
gewarnt hatten.

»Hilfe!«, schrie der kleine, blaue Fisch plötzlich. »Hilfe!
Das tausendarmige Ungeheuer packt mich.«
Der Regenbogenfisch kam sofort zu Hilfe und zog seinen Freund
schnell durch die glitschigen Arme. Aber auch er hatte Angst.

Mit zitternder Flosse deutete der Regenbogenfisch in die Tiefe.
»Der schwarze, fünfäugige Kugelfisch beobachtet uns.«
»Schnell weiter«, flüsterte der kleine Blaue erschrocken.
»Schnell, lass uns von hier verschwinden.«

Endlich leuchteten die roten Algen vor ihnen! Die zwei Freunde
pflückten eine ganze Menge und machten sich auf den Rückweg.
Doch plötzlich sagte der kleine, blaue Fisch leise:
»Ich kann nicht mehr. Ich habe Angst!«
Der Regenbogenfisch beruhigte ihn: »Jetzt wissen wir doch,
was auf uns zukommt, und ich bin ja bei dir.«

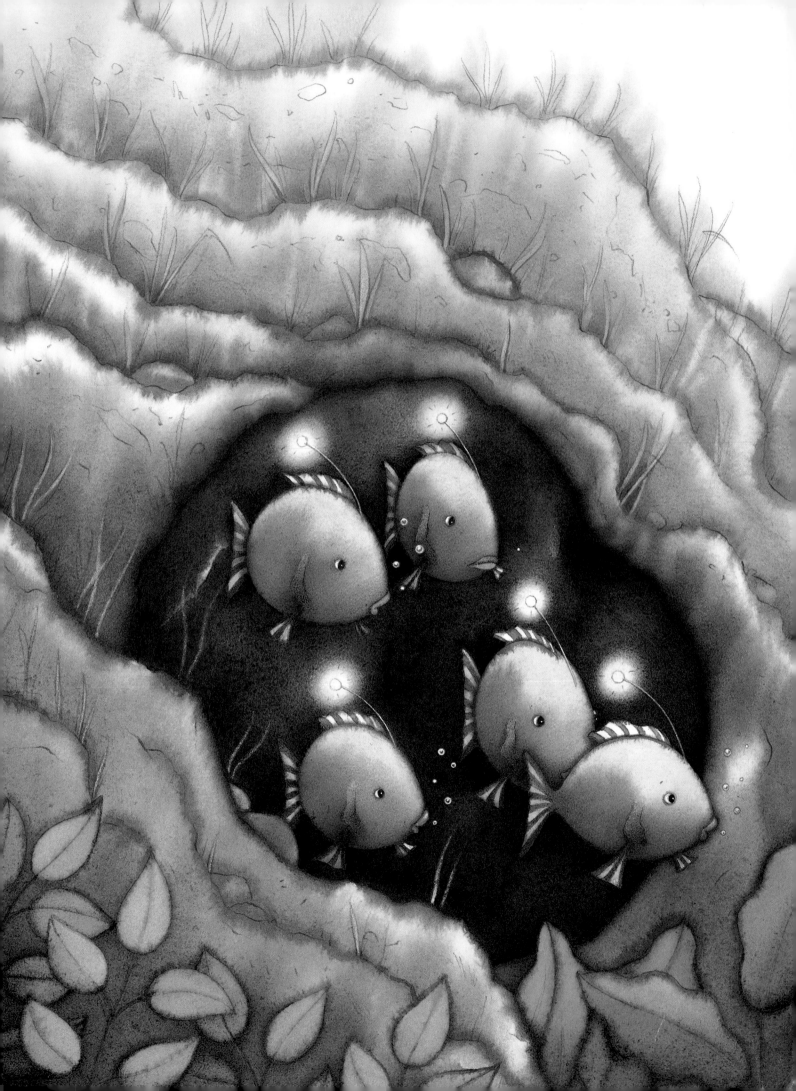

Schon bald kamen sie wieder in die Nähe der fünf
leuchtenden Augen.
»Mit diesen Augen stimmt doch etwas nicht«, sagte der
Regenbogenfisch und glitt in die Tiefe.
Der kleine, blaue Fisch folgte ihm in sicherem Abstand.
Und siehe da: Das war gar kein fünfäugiger Kugelfisch!
Das waren bloß die Laternen von fünf kleinen Laternenfischen.

»Schönes Ungeheuer«, lachte der Regenbogenfisch. »In unserer Angst haben wir wohl manches anders gesehen, als es in Wirklichkeit ist.«

»Das glaube ich auch«, sagte der kleine, blaue Fisch und schwamm direkt in das tausendarmige Ungeheuer hinein.

»Nichts als Seetang!«, lachte er.

Alle Angst war verflogen, und sie glitten ungehindert durch die harmlosen Pflanzen. Auch der dreiköpfige Keulenfisch und die anderen Ungeheuer in den Felswänden waren verschwunden.

Bald hatten sie die Schlucht hinter sich und wurden von den Freunden
begeistert empfangen.
»Ihr habt es geschafft!«, riefen sie erleichtert.
»Seid ihr dem dreiköpfigen Keulenfisch begegnet?«,
wollte der neugierige Zackenfisch wissen.
»Das erzählen wir euch später«, antwortete der Regenbogenfisch.
»Langnasen-Doktor und Buckelfisch warten sicher schon auf uns.«

Der Buckelfisch war dankbar, die Heilalgen halfen sehr schnell.
»War es schlimm in der Schlucht?«
»Ja, wir hatten große Angst, aber wir haben sie überwunden – «
» – und die Ungeheuer verschwanden allesamt!«, rief der kleine
Blaue fröhlich. »Man darf eben vor der Angst nicht weglaufen.«
»Hört, hört, der kluge, kleine Blaue!«, lachte der Langnasen-Doktor.
Und dann erzählten die zwei von ihren Abenteuern und den
Ungeheuern, die gar keine gewesen waren.

Von Marcus Pfister sind folgende Bilderbücher
im Nord-Süd Verlag erschienen:

Mats und die Wundersteine

Mats und die Streifenmäuse

Kleiner Bär, ich wünsch dir was

Der glückliche Mischka

Wie Leo wieder König wurde

Der Regenbogenfisch
(auch als Pappbilderbuch)

Regenbogenfisch, komm hilf mir!
(auch als Pappbilderbuch)

Der Regenbogenfisch stiftet Frieden
(auch als Pappbilderbuch)

Der kleine Dino

Der Weihnachtsstern

Die vier Lichter des Hirten Simon
(Text von Gerda Marie Scheidl)

Wie Sankt Nikolaus einen Gehilfen fand
(Text von Kathrin Siegenthaler)

Lieber Nikolaus, wann kommst du?

Hoppel

Hoppel findet einen Freund

Hoppel und der Osterhase

Hoppel lernt schwimmen

Hoppel weiß sich zu helfen
(Alle Hoppel-Bücher auch als Pappbilderbuch)

Die müde Eule

Sonne und Mond

Pinguin Pit
(auch als Pappbilderbuch)

Pits neue Freunde
(auch als Pappbilderbuch)

Pit und Pat

Pit ahoi!

Papa Pit und Tim

Mirjams Geschenk
(Text von Gerda Marie Scheidl)

Biber Boris